Narratori ◄ Feltrinelli

Stefano Benni
Pantera

Con le illustrazioni di Luca Ralli

© Giangiacomo Feltrinelli Editore Milano
Prima edizione ne "I Narratori" aprile 2014

Stampa Nuovo Istituto Italiano d'Arti Grafiche - BG

ISBN 978-88-07-03073-4

www.feltrinellieditore.it
Libri in uscita, interviste, reading,
commenti e percorsi di lettura.
Aggiornamenti quotidiani

razzismobruttastoria.net

Pantera

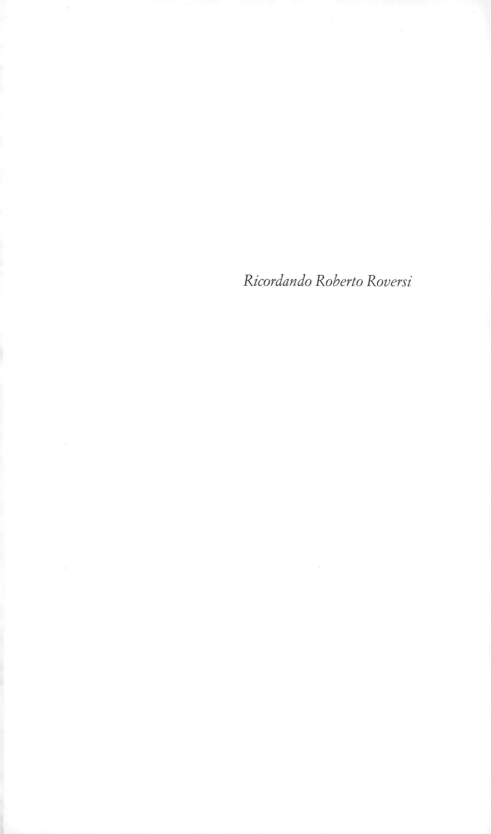

Ricordando Roberto Roversi

Tras los fuertes barrotes la pantera
Repetirá el monótono camino
Que es (pero no lo sabe) su destino.

La prima volta che la vidi

La prima volta che la vidi avevo quindici anni.
Avevo lasciato la scuola e non ci volevo tornare. Se
dovevo perdere tempo, avrei deciso io come. Perciò
passavo i giorni e le notti a farmi del male, con la sacra
stupidità della giovinezza. Leggevo solo libri di suicidi,
frequentavo balordi, bevevo di tutto, dagli amari allo
stravecchio, fumavo e mi gloriavo di un catarro da ot-
tantenne. Vivevo da solo, nel garage di un vecchio zio
ricco e rimbambito, circonfuso da badanti.
    Anche se sembravo andare di fretta, nessuno mi
aspettava. Seguivo le ragazze per strada ma non avevo il
coraggio di fermarle. Tre volte alla settimana facevo il cameriere in un ristorante pizzeria sporco come un accam-
pamento barbaro. Tutti i clienti mi irritavano, se erano
torvi mi deprimevano, se erano allegri mi infastidivano,
le persone sole mi facevano sentire solo, invidiavo le
coppiette ma ero diventato esperto nel cogliere in loro
ogni indizio di noia e abitudine. Ridete, ridete, pensavo,
non durerà. E una volta che vidi una bionda da sogno

con un vecchio, pisciai sulla loro pizza. Quel poco che bastava per non farmi scoprire, abbastanza per aggiungere un gusto di olio piccante. Erano le mie grandi imprese.

Quando uscivo dal lavoro, giravo tutta notte, nella luce diabolica dei lampioni di periferia o nel Walhalla delle vetrine del centro, qualche volta leggevo seduto su un muretto, dividevo cartoni di vino e panini gelidi con disperati, ruttavo alla luna come un rospo, ero sempre vestito nello stesso modo per giorni, per mesi.

Finché una sera incontrai Delòn. Era steso sui gradini di una chiesa, col viso sporco di sangue, una scarpa sola, storto come un cadavere da film. Gli chiesi se aveva bisogno di qualcosa.

– Sì. Hai un milione? – mi rispose.

Lo avevano beccato mentre cercava di rubare una macchina, e l'avevano massacrato di botte. Diventammo quasi amici. Si faceva chiamare Delòn per via dell'attore, al quale pretendeva di assomigliare. Era belloccio ma con una faccia troppo rustica per il ruolo del maledetto, aveva passato la sua infanzia in orfanotrofio schivando ceffoni&cazzi di preti. Diceva di avere un trionfale successo con le donne ma al cinema bastava che vedesse un ombelico e si masturbava come un eremita, ansando e infastidendo tutti.

Sparì un mese e quando lo rividi indossava un ridicolo vestito gessato, con una cravatta fritto di mare, sembrava un aspirante pappone. Mi disse che lavorava in un bel posto, una grotta fatata dove forse c'era qualcosa da fare anche per me.

Il luogo magico era la sala biliardi più grande della città, l'Accademia dei Tre Principi.

Fu lì che l'avrei incontrata.

I Tre Principi

La sala, anzi l'Accademia dei Tre Principi era un vasto sotterraneo scavato un secolo prima dai misteriosi adoratori del dio d'Avorio. Dai rumori della città si scendevano tre rampe di scale istoriate di virilia e vagine, per entrare in un mondo buio e silenzioso, al centro della terra. Quando ci misi piede la prima volta mi strabiliò. C'erano quarantatré laghi di smeraldo, illuminati da una luce fredda, quarantatré biliardi di marca: elefanti o draghi di legno, ardesia e panno soffice. Quaranta in file da dieci e tre appartati e speciali, i Tre Principi, a fondo sala. Su ogni elefante vegliavano lampade al neon impiccate a un soffitto sanguigno. Nel loro alone fluttuava una galassia di polveri e microscopici spettri, e tra una pozza di luce e l'altra si aprivano abissi di penombra, dove gli avventori camminavano, nuotavano, scomparivano. E soprattutto fumavano in continuazione. Nell'oscurità salivano le spirali di sigari e sigarette, mi sembrarono le anime di chi era caduto laggiù.

Col tempo i biliardi non mi fecero più pensare a laghi di smeraldo. Qualche volta mi sembravano tombe. Tombe intorno alle quali una umanità malinconica e disillusa consumava i suoi rimpianti. Anziani pensionati, vecchiacce indomite con la mania delle scommes-

se, puttane fumatrici di sigaro, giovani perdigiorno come me, alcolisti, giocatori di carte, vite in bilico. Tutti a far la spola dal bar ai biliardi, trascinando i piedi nella segatura e nelle cicche, come in un circo abbandonato.

A volte invece l'Accademia mi sembrava un luogo allegro, un rifugio di filosofi pazzi. Un pianeta dove era sempre notte, dove non si udivano i rumori del traffico cittadino, ma solo il rotolare delle biglie, lo schiocco delle stecche, i passi fruscianti dei giocatori. Qui non si aspettava la Ragione ma la Sorte, non il Perché ma il Chissà. Si chiedeva alle ore di passare in punta di piedi, nascondendosi al dolore. Si scommettevano piccole fortune, si gioiva di vittorie e sconfitte che subito venivano dimenticate. Si aspettava qualcosa ma soprattutto si imparava a non aspettare nulla.

Io e Delòn eravamo i garçons tuttofare. Dovevamo aiutare al bar, e pulire cessi dove la carta igienica era rara come pergamena e mani gentili tracciavano geroglifici di peccaminosa speranza, *Telefonami, faccio bocchini come un angelo*. Nell'odore di vomito e mozziconi lustravamo pavimenti e portacenere, ogni secondo sbocciava una sigaretta, vivevamo una sola stagione, un autunno di nebbia, e le volute del fumo illuminate dalle lampade sembravano scaturire dal suolo, come geyser. A volte portavamo da bere ai Giocatori (solo quelli con la G maiuscola, la differenza la spiegherò dopo). E all'ora di apertura e di chiusura spogliavamo e rivestivamo i biliardi, che venivano coperti di un sudario di panno nero, come elefanti addormentati. Dovevamo guardare bene se sulla liscia superficie di gioco c'era qualche piccolo segno, qualche offesa, qualcosa che deturpasse il loro volto impassibile.

Ogni tanto Sussurro ci faceva raccogliere le scommesse. Sussurro era il boss del locale, aveva la voce roca per un intervento alla laringe e una faccia da mercenario. Se qualcuno non pagava interveniva il Faraone. Grasso, baffuto e obbediente, raro caso di eunuco cazzuto col serramanico in tasca. E al bar c'era Margherita, moglie di Sussurro, chioma da Medusa e artigli laccati di rosso. Guai a farla arrabbiare.

– Segaioli, – ci diceva – lavorate bene e soprattutto non entrate mai nella Porta Verde.

La Porta Verde era sospesa su un ballatoio che dominava la sala. Ogni tanto qualcuno ci spariva. Qualsiasi cosa ci fosse là dentro, era affascinante e proibita, almeno per me e Delòn.

Entrava di tutto ai Tre Principi. I curiosi, i perditempo, gli scommettitori, e soprattutto quelli che non avevano un altro posto dove andare. E naturalmente i giocatori. Erano loro quelli che mi interessavano. Anche prima che Lei apparisse.

C'erano vari tipi di giocatori. Gli Stecchini, così venivano chiamati i giocatori scarsi, studenti mezzi ricchi che marinavano la scuola, facevano casino con qualche ragazzetta al seguito e posavano i bicchieri sul bordo del biliardo. Guai a loro. Il Faraone arrivava minaccioso e ringhiava a voce bassa: – Il ping-pong è nel bar di fronte.

Poi c'era una pletora di giocatori senza talento che

consumavano le loro vecchie geometrie, in un sonnambulismo interrotto da risate di scherno e bestemmie.

E c'erano i Boccaloni, i giocatori medi, che non sarebbero mai diventati campioni ma millantavano di esserlo, oppure lo sognavano. Erano quelli che parlavano in continuazione di partite giocate e grandi trionfi a cui avevano assistito. E di cui non sarebbero mai stati protagonisti. Criticavano, sentenziavano, mentivano. E sognavano di diventare Giocatori con la G maiuscola e la magia nelle mani.

I veri Giocatori, non più di una trentina, giocavano quasi sempre sui Principi.

I Principi erano tre biliardi a fondo sala. Il Principe Azzurro, senza buche per il gioco all'italiana e la carambola, il Principe Nero, di legno scuro, a buche strette per l'americana, e il Principe Maggiore, tre metri e sessanta di lunghezza, uno dei primi dove si poteva giocare all'inglese e alla piramide russa. All'inizio non capii cosa avevano di diverso, finché col tempo mi accorsi che possedevano una musica speciale. Il rotolare delle biglie, il colpo della stecca, persino il tonfo della palla che entrava in buca avevano una quieta magia che era solo loro. Come diverse erano le musiche dei giochi, carambola e snooker, piramide russa e goriziana, e le mille variazioni della Danza di Yar.

Quello che decideva se potevi giocare su un Principe era un vecchio cieco che si chiamava Vanes, e per me era Borges. Solo per me, perché ero l'unico che aveva visto un ritratto dello scrittore, e gli somigliava. Era sempre seduto nello stesso punto, sul lato lungo del Principe Azzurro. Prima di diventare cieco era stato un grande

giocatore, e portava sempre con sé un bastone ricavato da una stecca, il cui pomello era un globo eburneo, una perla preistorica. Non vedeva ma sapeva benissimo cosa succedeva su ogni biliardo, sentiva i corpi tendersi e i muscoli preparare il colpo, il secco bacio delle stecche, il rumore delle traiettorie, il trangugiare delle buche, la frana degli ometti, nome umile per indicare quei piccoli birilli così importanti. Borges capiva la delusione e il trionfo un attimo prima degli altri, anticipava l'imprecazione e l'applauso. Vedeva e comprendeva, con qualche misterioso senso, come stava andando ogni partita, forse anche come sarebbe finita. E decideva se qualcuno era degno di giocare su uno dei Principi, o andava cacciato.

La sua autorità era indiscussa. Lo capii quando un nuovo arrivato, un giovanotto sbruffone con un gilè scozzese, chiese di giocare sul Principe Nero.

– Non fa per te – disse Borges.

– Come fa a saperlo? – protestò il giovane. – Lei è cieco, neanche sa come gioco.

– Hai appena giocato al biliardo diciotto qua dietro e hai vinto tre partite di fila – disse il vecchio.

– Appunto.

– Ma hai giocato male, hai vinto contro un morto – disse Borges. – Se vuoi ti dico quanti tiri hai sbagliato e quanti punti hai bevuto.

– Ma signor Vanes... – protestò il giovane.

– E non mi piace come cigolano le tue scarpe, costose e scomode – tagliò corto Borges.

Il giovanotto se ne andò, col suo piccolo sogno spezzato. Era un posto così, di sogni che cadevano a terra come cappelli, e uno se li rimetteva in testa, sempre più sformati e impolverati. Ma ci sono quelli che col cappello sembrano Bogart e quelli che sembrano Bertoldo.

Io e Delòn non avevamo il cappello, ma i sogni sì. Mentre pulivamo i cessi, o raccoglievamo covoni di cicche, accendevamo la radio e ascoltavamo i Beatles. Nel silenzio dell'ora di chiusura restavamo soli, e accarezzavamo il dorso degli elefanti verdi, prima di coprirli e farli addormentare. Se Sussurro era andato via, facevamo qualche tiro, pulivamo le stecche, lustravamo le biglie. Spesso eravamo ubriachi di resti di amaro e Campari e Fernet che raccoglievamo dai bicchieri lasciati in giro. Micidiali cocktail di elemosine. Mi sdraiavo su uno dei biliardi più vecchi, fumavo verso la Via Lattea delle lampade, sognavo di incontrarla. Perché me ne avevano parlato, con occhi accesi da un sogno improvviso.

Quando?

Viene, sparisce e torna.

Ma non si sa quando torna. Pulisci le sputacchiere, ragazzo.

I Giocatori

L'ora di apertura era le diciassette. Ma per due o tre ore non c'erano che piccole partite, e chiacchiere, e infiniti bicchieri di vino e anicioni e aperitivi sanguinolenti e liquori al caffè per perenni tachicardie. Così veniva la sera. E arrivavano i Giocatori, i professionisti.

Non avevano una divisa, tipo una giacca con uno stemma. Apparivano molto diversi l'uno dall'altro. Li univa forse una certa aria ironica e distaccata. Erano gli aristocratici più poveri del mondo.

Mi sembravano saggi, gente che aveva attraversato metropoli e deserti e campi di battaglia. La maggior parte, forse, non si era mai spostata da quel quartiere. Ammiravo la deferenza con cui venivano salutati, il passo sicuro con cui andavano a bere al bar, preparandosi al gioco. La lentezza dei loro gesti. Lo sguardo con cui valutavano le partite in corso prima di lanciare o accettare una sfida. Alcuni venivano ogni giorno. Altri scomparivano e riapparivano. Non più di trenta. Alcuni avevano come specialità la carambola, altri la goriziana, altri il biliardo americano o la piramide russa. Costellazioni di un unico universo. La sola discriminante era la stecca. Quelli bravi a giocare con le mani, a boccette, andavano in un'altra sala, ai Tre Principi si giocava solo con la stecca, bisognava sapere usare quella miracolosa spada di bois de rose, di acero, di legni d'oltremare. Era lei il logos che ordinava il caos degli angoli, la sottile provocatrice di traiettorie, l'arma che poteva spaccare il cuore del biliardo, fucilare i birilli in fila ordinata, raderli al suolo, per vederli risorgere e di nuovo cadere. Era lei la maga che poteva far volteggiare e baciarsi e sfiorare le biglie della carambola creando alleanze o scontri. O spedire nell'inferno della buca le palle colorate, e sdipanare i loro grovigli, mirarle quando si nascondevano dietro le altre o si incollavano alle sponde, con precisione implacabile, come il cecchino punta la vittima.

Erano questi i cavalieri dei Tre Principi, sotto la cieca autorità di Borges.

Il mio preferito era Tamarindo, sempre vestito di viola, faccia da milonga, giocatore professionista. Capelli impomatati, occhiali scuri e sulle spalle una borsa con le stecche personali di alluminio, che posava a terra con calma, come un killer col fucile di precisione. Aveva mani rozze piene di anelli, apparentemente inadatte e sgraziate. Era freddo, preciso, non rideva mai. Tra un colpo e l'altro fumava in continuazione, col bocchino, e beveva gin. Parlava pochissimo e vinceva quasi sempre. Se perdeva, dicevano, era perché era rimasto troppo dietro la Porta Verde.

Poi c'era la Mummia. Gobbo, con un cappottino frusto e la faccia grinza e gialla come un limone dimenticato in frigo, sembrava avere cento anni. Ma quando si toglieva il cappotto, dalla giacchetta a quadri sbucavano le mani. Lunghe e ossute, mani da scheletro. Erano magiche. E quando si sdraiava sul bordo, o si appoggiava sul biliardo per un colpo difficile, dimenticavi la sua età, sembrava che nuotasse in aria, quello era il suo elemento. Conosceva i punti deboli di tutti. Sapeva dove mettere la palla nel posto più ostico, più sgradito all'avversario. Ogni tanto rideva sommessamente e scuoteva la testa, per provocare. Vinceva molto. Ma sempre più spesso perdeva, perché gli stava calando la vista, e non voleva portare gli occhiali.

Poi c'erano i fratelli Bandiera, due macellai grossi e beceri, ma con mani delicate, potevano spolpare un bue o inventare una carambola con la stessa grazia sanguinaria. C'erano alcune giovani promesse tra cui il Caprese, che per il biliardo aveva lasciato una carriera di borsaiolo. O Cucciolo, con la mano che appena usciva dalla manica di un pullover troppo largo, tanto che la stecca sembrava una protesi. O Banéna, un cameriere pazzo che sembrava uscito da *Psycho*. O Elvis, ballerino di rock and roll che ricamava passi di danza tra un colpo e l'altro. Vincevano ma subito si montavano la testa e allora qualcuno li castigava.

C'era il Puzzone. Nessuno avrebbe immaginato che potesse essere un Giocatore. Obeso, con un volto da bulldog, insaccato dentro un vestito principe di Galles pieno di rattoppi. Sbuffava e sudava in continuazione, si poteva sentire il suo miasma da metri. E si divertiva a sbeffeggiare tutti. Quando si chinava sul biliardo, puntava il mappamondo del culo verso il soffitto e tirava scoregge da far tremare le lampade. Poi rideva. Ma era la sua tattica. L'avversario, sia che si indignasse sia che ridesse, perdeva concentrazione. Appena andava sotto nei punti, il Puzzone, risaliva a scoregge. E sapeva giocare, eccome.

C'era Garibaldi, con una folta barba e un corno di corallo appeso al collo. C'era Tremal-Naik, che giocava sempre col cappello perché aveva la testa divisa in due da una cicatrice, incidente sul lavoro. Ogni tanto gli arrivava una crisi e sveniva, ma non andava a casa, si riprendeva e finiva la partita. C'era Pedro, che si faceva il segno della croce prima di ogni partita e bestemmiava come un orco. C'era Willy, che stava seduto immobile per ore bevendo birra, poi si alzava barcollante, e nuotando nell'aria raggiungeva il biliardo come una zattera nel mare. Si pensava che sarebbe stramazzato, o che non sarebbe riuscito neanche a tirare un colpo. Invece il panno verde rimetteva insieme i cocci della sua testa. Tutto

il suo barcollamento, magicamente, si incanalava nella stecca, tirava sghembo e con tattiche balzane, ma giocava alla grande, e appena finita la partita tornava nel pozzo della sua sbronza, e non era più capace di far nulla.

C'era John, che aveva imparato a giocare sulle navi da crociera in America. C'era Valdo, che aveva una mano sola e poggiava la stecca sul moncherino. E il Professore, che segnava ogni colpo e punteggio con la matita su un quaderno nero, e quando morì gliene trovarono in casa trecentocinquanta. E altri che non ricordo più. Spesso da qualche altra accademia o sala veniva un campione ed era una nuova sfida. I laghi di smeraldo venivano circondati da occhi curiosi. Nubi di fumo riempivano la sala, e io da lontano guardavo, non vedevo vera gioia, ma una grandiosa ribellione al dolore, quella sì. Erano vite tristi, insicure, selvatiche. Ma tutte avevano a che fare ogni giorno con la Fortuna, la grande Partita, il grande Colpo, quello che avrebbe cambiato il corso delle stelle e della storia. Trenta metri sotto la città in quella grotta oscura, si beveva, si scommetteva, e gli uomini perdevano, rivivevano, resistevano.

Ma mancava qualcosa.

Erano tutti maschi, raramente arrivava qualche vecchiaccia alla deriva, qualche moglie inviperita, qualche ragazza avventurosa. E una sera, guardando i laghi di smeraldo e ascoltando la frenetica risacca delle biglie, sentii una fitta al petto e capii cosa mancava davvero a quel posto.

Mancava una Dea.

La prima volta che la vidi avevo quindici anni

Avevo appena finito di pulire i cessi, quella sera peggio del solito. Non esiste l'odore di merda, esistono vari e numerosi aromi di merda, tanti quanti i profumi di una vetrina, con retrogusti e note armoniose di metabolismi, solfuri e ristagni. Le toilette erano al piano rialzato, vicino alla Porta Verde, e dal ballatoio potevo vedere tutta la distesa dei biliardi. Per qualche ragione Delòn era stato ammesso all'interno della porta proibita, io no. Perciò spesso passavo ore da solo. Come quella sera, quando mi accorsi che stava per accadere qualcosa.

Tutti nello stesso tempo smisero di giocare, e si fece di colpo un silenzio irreale. Guardavano in una direzione.

E la Pantera arrivò.

Snella, flessuosa, pallida.

Tutta vestita di nero, dal giaccone di cuoio al maglione a collo alto ai pantaloni, agli stivaletti.

Nero il caschetto di capelli, neri gli occhiali da diva. Unico colore acceso in quella ben studiata e affascinante tenebra, il rossetto carminio della bocca.

La tua bocca è una brace nel nero fuoco consumato
La tua bocca è una rosa in mano a Ofelia annegata
La tua bocca è una ferita da cui solo tu sei salva

Quanti anni aveva? Venti o trenta, non importa, si è regine a qualsiasi età. La seguiva Rasciomon, il suo autista tuttofare. Lei sedette al bar, tolse il giaccone, portò alle labbra una sigaretta. Fumava sempre le stesse, Muratti's Ariston nell'elegante scatola rossa e blu. Il Faraone deferente fece cliccare uno zippo. Lei accese con un gesto lento. Mi sembrò che guardasse verso l'alto, nelle volute del fumo, e mi vedesse. Ma forse era solo il mio desiderio. Ricordai tutto ciò che mi avevano detto di lei.

Storia di Pantera

Era rimasta orfana giovanissima ed era stata allevata da uno zio che possedeva un bar nella periferia della città. Un brutto quartiere di edifici avvelenati dallo smog e improvvise tundre di erbacce abitate da prostitute allegre e cani disperati. Il nome della ragazza secondo alcuni era Maria, nome assai banale per una futura leggenda.

Dopo le elementari, lo zio l'aveva messa a lavorare dietro al bancone. Era un ubriacone, la picchiava e forse anche peggio, se è vero che per due volte avevano visto i carabinieri entrare nell'appartamento sopra il bar, dove abitavano. Mariapantera non parlava quasi mai e non guardava i clienti negli occhi. Ma c'era già, nel suo modo di camminare o nel ravviarsi i capelli, qualcosa che turbava gli uomini. Nel locale c'erano due biliardi. Si giocava fino alle tre di notte. La giovane aveva paura a dormire in casa, e quando sentiva lo zio russare ubriaco, ritornava silenziosa nel bar. Metteva su un filo di musica. Non era più alta della stecca. E giocava a biliardo da sola, per ore. Ripeteva i colpi che aveva visto durante il giorno, li reinventava. Sognava di giocare con altri bam-

31

bini. Si sdoppiava in due bambine giocatrici, la rossa e la bianca. La rossa rischiava sempre, la bianca giocava tranquilla. Non si sa quante notti passò a quel biliardo, quante volte riprovò le traiettorie, le combinazioni, quanto studiò le bizzarrie e le insidie del drago verde. Qualcuno dice che giocò ogni notte per dieci anni. Una notte si addormentò sul biliardo. Lo zio ubriacone la trovò la mattina, e la stava riempiendo di botte. Passava di lì Rasciomon. Era un ex galeotto erculeo, con la faccia da giapponese, faceva il facchino all'ortomercato. Vide la scena, intervenne, tirò un cazzotto allo zio e lo stese. Guai a te se ci riprovi, disse.

Da allora lui e Pantera furono inseparabili. Lui le voleva bene come a una figlia, era la sola cosa bella che gli fosse capitata nella vita. Scapparono in un'altra città. Rasciomon si accorse dell'abilità a biliardo della ragazza. Iniziarono a girare i bar. Cominciava a giocare lui, perdeva. Poi diceva: che ne diresti di giocare un po' di soldi con la mia nipotina? Ridevano. Hai paura?, diceva lei con aria di sfida, e metteva i soldi sul tavolo.

Era nata per quello. Aveva nelle mani, nel cervello, nel cuore un talento meraviglioso. Il dio del Biliardo l'aveva eletta sua amante. Vinceva sempre. Già allora, a sedici anni, vestiva di nero e fumava. Per qualche anno, sempre secondo la leggenda, girò tutto il paese, giocando, migliorando e vincendo. Finché sentì parlare dei Tre Principi. Voglio giocare là, disse. Finora abbiamo battuto dei gonzi di periferia e dei dilettanti, disse Rasciomon, ma lì è una cosa diversa.

Appunto, disse Pantera.

Non è leggenda invece come si presentò all'Accademia. Arrivò una sera alle sette, seguita da Rasciomon che reggeva il portastecche. Fumò a lungo al bar, incurante degli sguardi di tutti. Poi si alzò e si avvicinò a Tarzan, un giocatore forte e spaccone, famoso per le sue cravatte ghepardate e per le urla belluine con cui accompagnava ogni colpo riuscito.

– Vorrei giocare contro di lei – disse Pantera.

Tarzan le scoppiò a ridere in faccia.

– E cosa ci giochiamo, caramelle?

Rasciomon fece vedere due biglietti da diecimila.

Tarzan sorrise agli astanti spalancando le braccia come per dire: perché rinunciare a due bigliettoni facili?

– Va bene, – disse – mi sa che hai bisogno di una lezione, ragazzina. A cosa vuoi giocare? Goriziana? Americana?

– Goriziana va bene – rispose Pantera. – Su quel biliardo lì però.

E indicò il Principe Azzurro.

– No carina, – ghignò Tarzan – su quello giocano i bravi.

Allora accadde un fatto che tutti ricordarono. Borges fece un cenno a Pantera, che si avvicinò.

– Dammi la mano – disse Borges, e la strinse.

Poi sorrise e disse: – La ragazza può giocare sul Principe.

Non aveva bisogno di altro, Borges. Aveva sentito in quella stretta di mano una determinazione così forte da convincerlo. Ci voleva coraggio a entrare in quell'antro di ciclopi, e sfidare un giocatore vero.

Borges aveva visto bene. Tarzan iniziò gigioneggiando e lanciando barriti. Coi primi tiri andò in vantaggio di una ventina di punti. Pantera giocava con cautela, studiava il biliardo. Fece tre tiri non eccezionali. Poi, al quarto, si mise viso a viso davanti a Tarzan e si tolse gli occhiali. Apparvero due occhi verdi dal taglio orientale, lame di spada.

Si allungò sul biliardo con felina leggerezza, e colpì, un colpo infernale, di tre sponde.

Tarzan capì subito di essere perduto.

Da quel giorno, dice la leggenda, Pantera vinse quaranta sfide di fila, senza una sola sconfitta. Perse solo da un francese, ma sembra che le avessero messo qualcosa nel bicchiere di vodka. Fece un bel mucchio di soldi. Poi sparì per tutto l'inverno. Qualcuno diceva che giocava nelle sale della Costa Azzurra. Altri che era capitata in un brutto giro di scommesse. Altri addirittura che aveva aperto una sala biliardi in America.

Ma ora era tornata.

La sfida

Era lì, a un passo da me, circondata dai curiosi, tranquilla, fumava le sue Muratti, beveva Pernod. Era a un passo ma così lontana, irraggiungibile, in prestito da un altro cielo. Ma ora era lì. Sussurrò qualcosa all'orecchio di Rasciomon, l'omone trasmise il messaggio misterioso al Faraone e quello mi fece cenno di avvicinarmi.

Fui a un passo da Pantera, sentii il suo profumo, la guardai, gli occhiali neri erano impenetrabili.

– Vai a chiamare Tamarindo, – mi disse Faraone –
bussa tre volte alla Porta Verde.

Mentre salivo le scale verso la porta misteriosa, sentivo il fremito della notizia correre per tutta la sala. Pantera era tornata, con artigli affilati, per sfidare uno dei Grandi, un campione della sala.

Bussai alla Porta Verde. Mi aprì un uomo, con la faccia cadaverica. Vidi due tavoli di pokeristi. A un altro tavolo, gente dalla ghigna straniera giocava con i dadi. Il fumo era densissimo e acre, non era soltanto tabacco. Su un divano, c'era Delòn intontito, e un uomo dai capelli tinti gli teneva il braccio su una spalla. Su un altro divano era stravaccato Tamarindo, fumando un narghilè, tra due vistose bionde un po' danneggiate.

– Signor Tamarindo... – iniziai.

– Se mi disturbi per niente sono cazzi tuoi – disse Tamarindo con la voce impastata.

Aspettai un momento, per scandire la frase nel modo più chiaro possibile:

– La signorina Pantera vuole giocare con lei – dissi.

Tamarindo si lasciò sfuggire una mezza imprecazione, e si alzò pesantemente. Qualcuno gli suggerì che non era il caso di accettare la sfida in quelle condizioni. Ma c'era un codice ai Tre Principi, e Tamarindo era un gentiluomo.

Dopo cinque minuti era davanti al biliardo. Risplendente in velluto viola, con la camicia di seta nera e la cravatta rosa ben annodata. Capelli lustri di brillantina, e testa alta. L'adrenalina della sfida lo aveva riportato nel mondo dei vivi.

Aprì la sacca e montò i due pezzi della sua stecca preferita. Non guardò in faccia Pantera, anche quello faceva parte del gioco.

– Due su tre a goriziana, – disse – ai trecento punti. Allo sfidato toccava il diritto di scegliere il tipo di partita.

– Va bene, – disse Pantera – cinquantamila a chi vince. Si tolse gli occhiali, e di nuovo le lame verdi brillarono.

Ebbi così la fortuna di vederla giocare per la prima volta. La vidi muoversi lenta, tranquilla, micidiale intorno al biliardo. Scegliere i colpi e le angolazioni senza muovere un muscolo del viso, la bocca morbida socchiusa come se cantasse dentro di sé, in assoluta concentrazione. La vidi appoggiarsi al biliardo col corpo sinuoso, la vidi inarcarsi, scattare in avanti, e ritrarsi, sentii il desiderio di chiunque la guardava. La vidi inventare geometrie squisite, e capii che il suo modo di toccare la palla con la stecca era del tutto particolare. Non forza, ma velocità. Un lampo, un morso, una puntura di vespa, e la biglia andava incontro al suo destino.

Nella prima partita sbagliò un solo colpo. Tamarindo, all'inizio impassibile, cominciò vistosamente a innervosirsi. Chiedeva silenzio, sfregava freneticamente il gessetto sulla punta della stecca. Cambiava idea di tiro e posizione. Giocava bene, benissimo, ma non bastava. La sua palla era guidata dall'esperienza e dalla tecnica, quella di Pantera era posseduta da un sortilegio, guidata da un istinto. Nella sala era sceso il silenzio, nessuno giocava neanche ai tavoli lontani, mentre il segnapunti faceva scorrere i numeri, con progressione implacabile

per Tamarindo che era sotto di sessantotto. Tamarindo ebbe un'impennata, tirò una palla splendida da sessanta punti, alzò la stecca in aria come una spada, per farsi coraggio. Erano quasi pari. Ma era un'illusione. Seguirono due colpi diabolici di calcio, che Pantera mise a segno con naturalezza, come se fossero i più facili del mondo. Sembrava quasi che non guardasse il panno verde: proprio come Borges, sapeva già da prima cosa sarebbe accaduto. Vinse la prima partita. Nella seconda fece alcuni piccoli errori. Tamarindo si infilò in quello spiraglio di speranza, giocò due splendidi tiri. Si inchinò a un applauso del pubblico. Anche Pantera applaudì. Ma quell'applauso era una condanna. Come se dicesse all'uomo: onore a te, che sei sconfitto. Tre, quattro colpi magici e Pantera raggiunse i trecento punti. Tamarindo si afflosciò. Birre e oppio, stanchezza e frustrazione, gli caddero addosso, sciolse il nodo della cravatta che diventò una rosa appassita, sembrò più vecchio di un secolo.

Capii allora che il potere di Pantera era terribile. Giocando, si stava vendicando di qualcosa, e niente l'avrebbe mai fermata.

La notizia che Pantera aveva battuto uno dei più grandi campioni dei Tre Principi significava una cosa sola. Cioè che altri Giocatori avrebbero accettato la sua sfida e molti sarebbero arrivati da altre sale, da altre città, per sfidarla. Così avvenne. Ne vennero due da non molto lontano, ma io ero a letto malato, non li vidi. Lei vinse, naturalmente. Poi arrivò Tic Tac.

Tic Tac

Tic Tac era una leggenda almeno quanto Pantera, per alcuni era uno dei cinque giocatori più forti del paese. Il soprannome mi fu chiaro appena mise piede nell'Accademia.

Alto, terreo, con una faccia cavallina e un porro su una guancia, Tic Tac era posseduto dalla più impressionante raccolta di tic e smorfie che avessi mai visto. Alzava un sopracciglio in continuazione, storceva la bocca in un ghigno, e sbuffava con uno strano suono asmatico e catarroso. Si tormentava i capelli lunghi e biondicci, era sempre in movimento, un passo avanti e uno indietro, e ogni tanto li incrociava per qualche ossessione simmetrica. Non fumava, ma masticava mentine in continuazione, e tra un colpo e l'altro perdeva tempo in tutti i modi. Alcuni dicevano che i suoi tic erano veri, che aveva passato due anni in manicomio, giocando migliaia di partite immaginarie nelle insonnie. Per altri, i tic erano una tattica per innervosire l'avversario e spezzare il ritmo del gioco. E in effetti ci riusciva quasi sempre, faceva cadere la stecca apposta, lanciava rantoli del suo respiro asmatico, si toglieva e rimetteva la giacca. E sputava come un lama, dentro un lurido fazzoletto giallo.

Quando arrivò, non diede la mano a Pantera. Si mise a lucidare ossessivamente le sue stecche. Girovagò tra i tavoli, con le mani in tasca. Dopo un'ora si presentò al biliardo, subito andò in bagno e ci restò un'altra mezz'ora.

Quando fu pronto, si mise di fronte all'avversaria.

Evitò il suo sguardo pericoloso. Sembrava più calmo, solo il sopracciglio ballava su e giù nella fronte. Borbottò a bassa voce qualcosa di simile a una maledizione. Poi cominciò i suoi rituali.

Ignorava il segnapunti come se il punteggio non gli importasse. Non guardava mai i tiri di Pantera, restava voltato di spalle. Poi quando era il suo turno si girava lentamente, sgranava gli occhi come se vedesse le biglie per la prima volta, sputava e preparava il colpo. Tra un tiro e l'altro, per convenzione, non dovevano passare più di trenta secondi. Ma lui faceva passare più di un minuto. In quel tempo, metteva in scena ogni sorta di rumori e gesti maniacali. Con lentezza esasperante si sistemava le maniche e il gilè, si chinava per allacciarsi le scarpe. Passava davanti a Pantera e, facendo finta di inciampare, le pestava un piede. Lasciava cadere rumorosamente la stecca. A un certo punto contestò anche una biglia, la prese in mano, disse che c'era qualcosa che non andava, pretese di cambiarla.

Insensibile a quelle provocazioni, Pantera giocava serena. La prima partita durò un'eternità, ma Pantera vinse. Prima della rivincita, Tic Tac tornò in bagno. Restò dentro un'altra mezz'ora. Quando uscì, si era cambiato la camicia, e se prima i tic erano noiosi, ora erano orribili. Scopriva le gengive, mostrando i denti guasti, e passeggiava avanti e indietro come una iena in gabbia. Faceva pena, ora. Anche Pantera, forse, fu turbata per un attimo da quel tormento, e mancò due colpi. Ma Tic Tac, dopo un colpo sbagliato della donna, fece l'errore di emettere un risolino di gioia. Pantera capì che non

doveva cadere in nessuna pietosa trappola. Un colpo con la stecca dietro la schiena, poi uno da posizione impossibile, misero Tic Tac sull'orlo dell'abisso, a Pantera mancavano pochi punti.

Tic Tac allora inventò qualcosa che forse non aveva mai fatto prima. Una crisi epilettica con tanto di bava e tremito. Lo tenevano in due.
— Forse non ce la fa — disse Sussurro. — Vogliamo rimandare la fine a domani?
Pantera scoprì i denti, spietata.
— Cosa dice il regolamento, Borges?
— O giochi adesso o perdi, Tic Tac — disse Borges.
Tic Tac si alzò tremante di rabbia. Quasi si strappò la manica della camicia, sputò ostentatamente a terra. Eseguì un tiro disperato, quattro sponde, quaranta punti. Poi finalmente guardò negli occhi Pantera e le lanciò uno sguardo d'odio e un insulto sibilato. L'ultima sua mossa.
Pantera lo fucilò con un tiro lento e micidiale. Tic Tac stavolta ebbe una vera crisi isterica, e dovettero chiamare l'ambulanza.

Quella sera con Delòn, mentre chiudevamo la sala, trovai su una sedia il bicchiere di Pantera, con le tracce del suo rossetto. Lo tenevo in mano come una reliquia.
— Sei cotto di quella fighetta, — mi disse — ma non capisco cosa ci trovi, è superba e cattiva.
— E io non capisco cosa ci trovi tu in un uomo con la parrucca — risposi.
Ci prendemmo a pugni, furiosamente. Lì finì il no-

stro sodalizio. Per una Dea ero pronto a tutto, anche a restare senza amici.

Chiquita

Dopo due giorni in cui Pantera non si era fatta vedere, corse la notizia che era arrivato in città Chiquita. Nessuno l'aveva visto giocare, ma era il re (o la regina) del biliardo marsigliese.

Entrò preceduta dal caddy portastecche, un nano in smoking, e mi sembrò la creatura più bizzarra che avessi mai visto. Un volto da pugile con azzurri occhi truccati e rossetto rosa, riccioli a cascata sulle spalle e anelli d'oro alle orecchie, un ragno tatuato sul collo, seni giganteschi e braccia erculee, tailleur rosso e stivaletti con tacchi smisurati, su cui avanzava con rimbombanti zampate. Camminava come un tirannosauro, ma aveva gesti eleganti da ballerina, e la sua risata era uno squillo di tromba. Per quelli dell'Accademia fu un'apparizione e qualcuno fece commenti pepati.

Ma Borges zittì tutti.

– Non guardate come è, – disse – ma come gioca. Se volete saperlo, l'ho affrontata dieci anni fa, una delle ultime partite della mia carriera. E ho perso.

La sfida iniziò a mezzanotte. Chiquita era stata accompagnata al ristorante, aveva mangiato tre piatti di pasta e svuotato un carrello di bolliti e due bottiglie di vino. Ma era fresca come una rosa, col suo tailleur corallo e il flamenco dei tacchi sul pavimento.

– Ragazzina, – disse – vediamo se sei bonita come dicono.

E posò sul biliardo un bisteccone di banconote, grande come non avevo mai visto.

Pantera si tolse gli occhiali. Chiquita sostenne il suo sguardo. Se quelli di Pantera erano lame di coltello, gli occhi di Chiquita erano un cielo nero, gli occhi di chi aveva attraversato tutto il male del mondo.

Vinsero una partita a testa. Le palle correvano con tale velocità che il segnapunti faceva fatica a tenere il conto. Chiquita, nonostante la mole, era agile come un puma, stava a cavalcioni sul biliardo in modo osceno, sculandrava vistosamente, a ogni buon colpo lanciava baci al pubblico o tirava fuori sguaiatamente la lingua. Pantera era elegante e silenziosa come sempre.

È come vedere un carro di carnevale contro una limousine, pensai.

Sull'uno pari si fece una sosta. Chiquita fumava un cigarillo, Pantera sembrava stranamente deconcentrata. Forse la turbava il fatto di non aver di fronte un uomo, ma qualcosa di meno, o di più. Certo, osservava Chiquita con interesse. E veniva ricambiata. E prima che cominciasse la partita decisiva, la marsigliese la guardò e disse:

– Sei troppo bella per questo posto.

Pantera rispose con uno dei suoi rari sorrisi.

Giocavano con più cautela. Erano uguali in fantasia, in tecnica, in follia, in geometria. Ma Pantera aveva qualcosa in più. Aveva più fame di vincere. E vinse, imbucando l'ultima palla.

Quando tutto fu finito, accadde una scena strana.

Scrosciò un grande applauso. Chiquita rideva e alzava le braccia al cielo come se avesse vinto, mentre Pantera era chiusa nel suo silenzio, a testa bassa.

La gigantessa le sussurrò dandole la mano:

– Qualsiasi cosa ti abbiano fatto, smetti con questa vita.

Pantera non disse nulla, lasciò un attimo la mano in quella di Chiquita.

Prima di andar via, la marsigliese si voltò e disse, questa volta in modo che sentissero tutti:

– Dai retta a Chiquita la strega. Prima o poi arriva l'ultima partita.

Ma non proferì la frase con tono di minaccia. Lo disse con un'infinita pena nella voce.

Quella notte, a mezzanotte, avevo appena finito di coprire col panno i tavoli e stavo attraversando il bar per uscire, quando restai senza fiato. Pantera era seduta a un tavolo, davanti a un'ecatombe di cicche e bicchieri. Dietro di lei, in piedi, silenzioso e fedele, stava Rasciomon. Mi fece un cenno con la mano.

Mi avvicinai, il cuore batteva come una zuffa di biglie. Era a un metro da me, e potevo vedere una stilla luminosa di sudore sulla sua fronte, e una ruga a un angolo della splendida bocca. Non mi era mai sembrata così stanca e così bella.

– Mi daresti un Pernod? L'ultimo, giuro.

Lo disse con un sorriso complice. Volai al bancone, riempii un bicchiere fino all'orlo ma dovetti vuotarne una parte, perché la mano mi tremava e lo avrei versato per terra.

Lei dovette accorgersi della mia emozione perché di nuovo sorrise e si tolse gli occhiali.

Verde que te quiero verde.
Verde viento. Verdes ramas...
Compadre, quiero morir.

– Quanti anni hai, ragazzo? – chiese.
– Quindici anni. E ti amo – risposi. Una parte di questa frase naturalmente non venne pronunciata, ma vibrò dentro me come un accordo d'arpa.
– E lavori già fino a tardi. Ma nessuno ti aspetta a casa?
– No signorina – risposi, col fiato mozzo.
– Non bisogna stare da soli alla tua età – disse con un filo roco e dolce di voce, poi fece una lunga pausa e un anello di fumo.
– A nessuna età – aggiunse.
Quella notte ovviamente non dormii, ero troppo eccitato. Non mi masturbai, come qualcuno potrebbe credere. Vuotai sei mignonette di Vecchia Romagna. Ascoltai *If I fell* dei Beatles cinquanta volte. E mi batteva ancora forte il cuore.
Mi tornò in mente una frase di Borges, una sera che aveva alzato un po' il gomito: "Non mi ricordo più, ma sono sicuro di avere amato una donna indimenticabile".

Pantera non venne per tre giorni. Pensammo che forse avevamo davvero visto una delle sue ultime partite. Poi una sera arrivò Faraone trafelato, con la notizia:

– Ha preso una camera all'Excelsior: l'Inglese è in città.

L'Inglese

Pantera era una dea che regnava su un piccolo reame. Jones l'Inglese era una leggenda che girava per il mondo. Già a vent'anni si raccontava di lui nelle Billiard Hall di Londra, nelle sale di Parigi e di Casablanca, nei casinò di lusso, nei Grandi Hotel. L'elegante killer, l'imperturbabile bellissimo giovane che rubava i cuori e vuotava i portafogli. Ora aveva circa trentacinque anni, ed era considerato uno dei migliori giocatori del secolo. Aveva accumulato una fortuna, ma si diceva che non avesse neanche una casa, viveva nelle suite degli alberghi e si spostava con una Jaguar Mk. Qualche volta portava con sé donne bellissime, altre volte girava solo. Anche se era ricco e famoso, era nato in un piccolo villaggio inglese, da famiglia povera. Ora viaggiava con due bauli di smoking, vestiti e camicie di seta. Faceva costruire le stecche a un fabbricante di fiducia, con iniziali in argento. Non fumava, ma beveva whisky di marca, che portava con sé in ogni viaggio. Era imbattuto da almeno cinque anni. E ora la fama di Pantera lo aveva portato fino a lì.

L'Inglese lanciò la sfida con questo biglietto in perfetto italiano:

Gentile signorina.
Chiedo l'onore di una partita con lei per le ventidue di
questa sera. Propongo tre partite, una a goriziana nove
birilli, una all'italiana ed eventuale bella all'americana.
Per la posta, desidererei trovare un accordo a voce.
Con la massima stima

D. Jones

L'attesa era spasmodica. C'era gente che era venuta alla prima ora di apertura e aveva occupato una sedia vicino ai Principi, per essere sicura di avere un posto. C'erano molte ragazze, mai viste prima, che avevano sentito parlare del fascino dello straniero. Scoppiarono liti e risse, finché non intervenne Sussurro. Fece alzare tutti e riservò cinquanta sedie ai vecchi clienti. Per gli altri posti, che si scannassero pure.

Alle ventuno e trenta entrò Pantera. Due minuti dopo, con la sacca delle stecche sulle spalle, ecco l'Inglese.

Se Pantera era la nera principessa, lui era il cavaliere bianco. Alto, biondo, con un ciuffo sulla fronte, un volto bellissimo e un po' crudele, gli occhi di colore diverso, uno azzurro e uno grigio. Vestiva un impeccabile completo di lino color panna, camicia e foulard color lavanda. Era veramente un'eleganza nuova ed esotica che illuminava l'Accademia dei Tre Principi. Ora non avevamo solo una Dea, ma anche un giovane Dio.

L'Inglese diede la mano a Pantera, lei si tolse gli occhiali, si guardarono. Fu un attimo, ma qualcosa accadde, un collasso cosmico, uno scontro tra due galassie.

Lei non rimise subito gli occhiali, restò a guardarlo con gli occhi verdi sulla linea di fuoco. Jones si inchinò e scivolò via, poi tirò fuori dalla sacca delle stecche una bottiglia di Black Bowmore e offrì whisky a Borges e agli altri giocatori. Sorrideva e beveva un mezzo bicchiere baby, ma il suo sguardo ogni tanto tornava su Pantera, che fumava solitaria a un tavolo lontano.

Lui le si sedette vicino. Stabilirono una posta per la prima e la seconda partita. Non per l'eventuale bella. La cifra esatta non si seppe mai.

Poi l'Inglese chiese una bottiglia di champagne, brindarono e parlarono per un quarto d'ora, in penombra, lontano da tutti. Cosa si dissero in quel breve tempo? Nessuno lo sa ma io lo immaginai.

Quella notte e per mille notti, io sognai ogni parola e ogni frase di quella misteriosa conversazione perduta.

Lei gli raccontò di come le faceva compagnia il rumore dei treni notturni, quando da bambina restava ore e ore a esercitarsi nel bar chiuso, e dei volti stanchi degli operai che venivano a chiederle un caffè alle cinque di mattina, e dell'odore del pane che improvvisamente esultava nella nebbia spessa. E la voglia di andare via di lì.

Lui le raccontò di un pub tutto coperto d'edera in mezzo alla campagna. E dei pomeriggi passati a un biliardo vecchio e storto con i piedi a testa di leone. E un'unica finestra sopra un fiume che si chiamava Leen, e che all'alba era quasi invisibile nella nebbia sottile, ma lui lo sentiva scorrere, come si sente scorrere il sangue. E la voglia di andare via di lì.

Lei gli raccontò di come aveva colpito lo zio con una

stecca, proprio in un occhio, e le urla e gli sguardi maligni dei vicini. E della foto della madre mai conosciuta che ancora teneva nel portafogli, e di quando perse la verginità a quindici anni dentro una roulotte, con un giovane zingaro che le regalò un orecchino a forma di pesce. E di quando andò al cinema la prima volta a vedere *Giovanna d'Arco* e ogni inquadratura la faceva star male, e quanto pianse, e quanto si sentì pronta a combattere.

Lui le raccontò di una sassata in un occhio che ne cambiò per sempre il colore, delle partite di calcio in cui lui esile e biondo ruggiva su ogni pallone per stare alla pari con quelli più grandi, e di una ragazza che conquistò suonando la chitarra, e con cui fece l'amore maldestramente sulle rive del fiume, forse l'unica che aveva amato, e dei colpi di tosse del padre minatore, e di come aveva sempre pensato che non voleva finire come lui.

Lei gli parlò del giorno che prese il treno insieme a Rasciomon, e andò verso la sua nuova vita piena di paura e speranza, e non si voltò indietro a guardare quel quartiere della città, dove non è mai tornata, e di quando ogni mattina al risveglio non ricordava in quale angolo del mondo fosse, e apriva gli occhi in una triste stanza d'albergo ripetendo: un giorno avrò una grande villa sul mare.

Lui le parlò dei genitori che lo salutavano dalla pensilina della piccola stazione, mentre partiva per Londra con sei stecche comprate con una colletta dagli amici del pub, e dei riflessi dei lampioni in una squallida camera di Camden, e di come spediva a casa i soldi delle prime vincite per mandare il padre in riva al mare, ma niente guarisce da trent'anni di miniera, e di molte donne che aveva amato distrattamente e del dolore che provava ogni volta che leggeva della lacrima di Achab.

Lei sorrise e lo prese un po' in giro dicendo che i playboy giocano alla roulette, non a biliardo, e raccontò che aveva giocato in Francia e Spagna e una volta aveva anche pensato di andare a Las Vegas dove c'era un locale con duecento biliardi tra cui uno d'oro, fessi di americani, ma non aveva mai giocato in Inghilterra, forse un giorno chissà...

Lui sorrise e disse allora sarà mia ospite e le farò vedere la campagna verde e il fiume Leen, e le rive color lavanda, e il mio primo biliardo, che ora è venerato come un cimelio, il biliardo di Jones, un vecchio dinosauro di rovere che vivrà più di me.

O forse non si dissero nulla di questo, ma si scambiarono banali osservazioni sulla differenza tra le regole del gioco inglese e italiano e parlarono dei Beatles, e di quanto erano belli gli occhiali Saint-Tropez di lei e le scarpe Cheaney di lui. E noi aspettavamo frementi.

Una pendola immaginaria suonò le dieci, lei gli offrì una sigaretta e fumarono in silenzio. Poi Pantera si alzò di colpo e disse a voce alta, in perfetto inglese, sorprendendoci:

– Is now playing.

Ricordo ogni particolare di quella partita, anche se c'era nell'aria qualcosa che la faceva assomigliare più a un sogno che a un fatto reale. Soltanto i neon sopra i Principi erano accesi, e nell'incantesimo della luce i giocatori danzavano, tutto intorno era buio, e nel buio sta-

vano le nostre anime nascoste, il nostro respiro, le braci delle sigarette, i rumori invisibili.

Pantera era più che mai sensuale e calma. Si avvicinava al biliardo, guardava la situazione, si inarcava, colpiva. Perfetta. Pantherapardus. Non un segno di esultanza o di delusione.

Lui le danzava intorno, la guardava, non commentava. Quando era il suo turno sorseggiava il whisky, scostava il ciuffo biondo dagli occhi e tirava. Tutto ciò che faceva sembrava meravigliosamente facile. Nessun tiro incrociato o effettato, nessuna posizione strana. Sceglieva la traiettoria e colpiva, tutto lì, ognuno pensava che poteva essere solo così, quello era il modo giusto. Ma quanto splendore in quella semplicità, in quei gesti spogli, nel sorriso malinconico con cui accoglieva gli applausi.

Sembrava addirittura poco coinvolto. Sbagliò un solo tiro e rimproverò comicamente la stecca. La partita era lunga, si andava a quattrocento punti, ma passò in un attimo. Furono per un po' quasi pari, poi lui sembrò svagato per uno o due tiri, Pantera vinse di misura.

Cambiarono biliardo. Mentre si incrociavano lui la fissò. Per la prima volta, vidi chiaramente che Pantera aveva perso la guerra degli sguardi. Una nuova sicurezza, una sfida spavalda era apparsa negli strani occhi bicolori dell'Inglese. Ora si fa sul serio, le aveva detto.

E così fu. Dal primo colpo l'Inglese cambiò tattica. Ora cercava tiri quasi impossibili, e li metteva a segno, lasciando a Pantera palle difficilissime. Una sua quarta sponda lasciò tutti senza fiato, Borges chiese a Sussurro se veramente il tiro era stato come lui lo aveva intuito, e catalogato nell'enciclopedia dell'Impossibile. Pantera si sdraiava sul biliardo meravigliosa e delicata nel tocco come sempre, ma l'Inglese era un diavolo, ora la sua stecca schioccava come un fucile, la cinetica era diventata caos, reptazione, spasimo. Qualsiasi tattica lei preparasse, lui la sconvolgeva, la sorprendeva. Una sua palla uscì curva dalla stecca, come fosse di materia molle, con un effetto che non avevamo mai visto.

Jones vinse di trenta punti.

Ora c'era la bella, la finalissima, una tripla a pool.

Quindici biglie, come soldati colorati, erano schierate in formazione triangolare al centro del Principe Nero, e aspettavano gli ordini dei giocatori.

La posta della partita finale non era stabilita. L'Inglese si avvicinò sorridendo a Pantera, e disse qualcosa a bassa voce.

Pochi sentirono la frase.

Se vinci avrai duemila sterline, se perdi verrai via con me.

Io non sentii queste parole, tutto mi fu spiegato dopo. Ma avevo capito subito che era in gioco molto, molto più del danaro.

Iniziarono a giocare senza guardarsi. Perfetti, come se uno fosse complementare all'altra, ognuno proseguendo l'idea dell'altra, non giocavano Contro ma Insieme, poco importa se il segnapunti li divideva. Insieme cercavano le meraviglie di quell'universo in movimento, sapendo che forse non avrebbero più vissuto una partita come quella. Pantera mise in buca decine di biglie, e decine l'Inglese. E poi pari ancora, con nuove prodezze.

Finché fu chiaro che era vicina la decisione, la prossima serie di colpi avrebbe chiuso la sfida. Pantera aveva un leggerissimo vantaggio. Poteva vincere, se azzeccava un colpo sensazionale. Alzò la stecca lentamente come fosse diventata pesante. Guardò l'Inglese negli occhi. Fu quello sguardo che decise tutto. Pantera sbagliò.

L'Inglese (ero vicino e lo vidi bene) divenne pallido. Qualcosa si era incrinato di colpo nella sua magica eleganza. Era a un passo dalla vittoria. La situazione sul panno verde era difficile, ma ampiamente nelle sue possibilità. Esitò un lungo minuto. Poi tirò. Uno, due colpi sensazionali. Mancava solo l'ultimo. Nel silenzio mi parve di sentire scorrere un fiume sotterraneo, erano i nostri respiri sospesi.

L'Inglese discese all'indietro i secoli, si inarcò, tese l'arco. Tirò. Perfetto, anzi quasi. La palla rossa si fermò a un millimetro dalla buca. Sembrò dotata di volontà propria, ondeggiò sull'orlo dell'inferno, ma non cadde. Restò lì beffarda e splendente.

Pantera la spinse in buca, ora tutto era facile. La partita era vinta. L'applauso li salutò stremati. Pantera rimase piegata sul biliardo, come se fosse ferita. L'Inglese le diede la mano in fretta e uscì, ancora accompagnato da un applauso fragoroso, sparì nel buio, verso la città notturna e chissà quale favoloso lontano Grand Hotel del Buio.

Il giorno dopo Pantera era nuovamente lì, allo sgabello del bar. Sembrava aspettasse qualcosa, forse aveva stabilito una rivincita con l'Inglese. Ma arrivò il Faraone col volto scuro, e una busta.

Nella busta c'era un assegno, la posta della partita. E una notizia. Quella notte, verso l'alba, l'Inglese si era ucciso, sparandosi nella camera dell'albergo.

Ancora oggi ricordo. Forse era la luce fioca della lampada, forse il troppo fumo, forse era una goccia di sudore. Ma io, un ragazzo di quindici anni, credo di avere visto l'unica lacrima mai versata da Pantera. Lasciò la sala e da quel giorno nessuno la vide più.

Borges

Qualche mese era passato. Stavo per lasciare il lavoro all'Accademia, avevo deciso di riprendere gli studi in un'altra città. Ma nel mio cuore c'erano troppe domande. Così, prima di partire, andai a trovare il vecchio Borges.

La sala mi sembrò più buia, e più spoglia, e la gente più triste. Borges era seduto al solito posto, e mi salutò da lontano alzando il bastone. Riconosceva il mio passo.

Mi sedetti al suo fianco e chiesi:

– Perché è successo?

– Erano tre a giocare quella sera – sospirò Borges accarezzando il pomello.

– Non capisco – risposi.

– Pensaci bene e capirai, ragazzo – disse Borges.

– Questo posto è pieno di ricordi, di rimpianti, di desi-

deri spenti. Cerchiamo di dimenticare giocando che c'è un gioco più grande di noi, e a questo gioco molti di noi hanno perso qualcosa, o tutto. Ma qualcosa ci fa tornare qui, ci tiene insieme. Un sogno. Chi pensa di vincere una piccola scommessa, alle carte, ai cavalli, al biliardo. Chi immagina di giocare una partita di cui vantarsi. Chi vorrebbe dire: ho visto un incontro indimenticabile, forse un giorno potrò viverlo anche io. Qui possiamo credere che il nostro destino sia sospeso, non ancora scritto. Ogni notte ci portiamo dietro questo brandello di speranza. Così il dolore, a volte, non ci uccide.

Ma non solo noi abbiamo bisogno di speranza. Anche gli Dei sperano. Ricordi lo sguardo che Pantera lanciò all'Inglese prima dell'ultimo colpo? Io ho visto, ho sentito cosa avveniva nei loro cuori. Lei diceva, se vinci ti seguirò, la fortuna è nelle tue mani, e io obbedisco alla Fortuna, tutto ciò che ho pensato degli uomini e della felicità può cambiare adesso, in questo istante.

Non posso dire che abbia sbagliato apposta. O forse lo so ma non te lo dirò. Lei non vorrebbe che si sapesse. Ma io ho visto.

E anche l'Inglese ha visto. Ha visto che avrebbe potuto avere qualcosa che tutti i biliardi, e le carte, e le notti e tutte le ricchezze del mondo non avrebbero mai uguagliato. Una nuova vita, un amore inatteso. Questo lo fece tremare. Per la prima volta una speranza troppo forte lo stordì, lo abbagliò, ho sentito il suo braccio pietrificarsi e il suo respiro farsi affannoso. Sbagliò. Certo ebbe anche sfortuna, ma sbagliò. E capì di avere perso qualcosa che non sarebbe mai tornato... tutto ciò che era stato prima, ora non contava più nulla... La solitudine, mio giovane amico, era il terzo giocatore quella notte, tra lei e lui.

– Ma avrebbe potuto... dirle qualcosa... avrebbero potuto... vedersi... parlarne... – dissi quasi piangendo.

– Erano Dei, soli e miseri come Dei. Accettavano il destino che li aveva voluti così. Avresti voluto un finale diverso?

– Sì – dissi io.

– Così non sarà. Il destino non conosce il vincere o perdere, sa solo nascondersi o svelarsi. Non possiamo giocare una seconda volta. Vediamo la luce un istante, e ne siamo accecati. Vai ragazzo, non pensarci più. Forse un giorno anche tu avrai la palla giusta, la Fortuna a un passo. Anche se a biliardo sei una schiappa.

Sono passati tanti anni. Borges è morto, e i Tre Principi non ci sono più, al loro posto ora sorge un grande magazzino di abbigliamento. Pantera potrebbe essere morta da tempo, o potrebbe essere una signora di più di settant'anni, dai verdi occhi accesi e indomabili nel viso rugoso. Anche se le vecchie pantere non hanno rughe, tutt'al più il muso imbiancato. La immagino in una villa sul mare, che fuma con eleganza e ricorda il passato. Forse se la vedessi la riconoscerei. Ma non credo che potrei dirle nulla. O forse potrei dire:
Mi dispiace che sia andata così, signora. Avrei voluto che lei e l'Inglese foste fuggiti insieme in qualche paese

lontano. Sposati e panciuti, con dieci figlie e figli che detestano il biliardo. Ma, come mi hanno insegnato, ci sono partite che si giocano una volta sola, e te ne accorgi soltanto quando si spengono le luci.

Comunque sia, grazie per avere illuminato la mia giovinezza. Dea Pantera.

Aixi

Vidi ego, quod fuerat quondam solidissima
tellus,
Esse fretum, vidi factas ex aequore terras.

OVIDIO

Si scrive Aixi, disse l'aragosta, ma si pro-
nuncia più o meno Aiji, come la "j" di jar-
din o del mio nome, Juliette.

All'alba il sole esce dal mare, cammina sulla spiaggia e poi infila uno sguardo dorato e indiscreto nella capanna di Aixi.

Una folata di luce e odore di salsedine la cerca e non la trova. Aixi dorme su una brandina in mezzo alle reti ammucchiate, come una barchetta tra le onde, e bisogna cercarla bene, la pesciolina, e smagliarla dal sonno.

Aixi apre gli occhi, si arruffa i capelli color corallo e vuole restare ancora un po' a letto. Immagina che dal mare arrivi qualcuno a portarle la colazione.

Un astice barcolla sulle zampette corte, in una delle enormi chele porta una tazza di caffellatte e nell'altra un biscotto. Ma la chela stringe troppo forte e il biscotto si spezza e casca a terra in briciole.

– Uffa longhifante, non ne combini una – protesta Aixi.

– Sveglia bella, sei mica una bambina ricca di città, – dice l'astice con gli occhi a funghetto – devi alzarti e preparare il caffè a babbo.

Aixi brontola, scende dalla branda e si fa largo tra le dune di boe, remi e vecchie reti intrise di ricordi d'abisso, apre la porta della baracca, va nel cucinotto sotto la veranda di canne. Il maestrale la scardassa. Apre la bombola del gas, il babbo vuole che la chiuda ogni notte, da quando la baracca di Rodrigo saltò in aria e si vide uno scaldabagno volare nel cielo come una capsula spaziale. Ma non era stata solo la bombola del gas, erano esplosi i cento candelotti di dinamite nascosti nel pavimento, c'era un buco grande come il cratere di un vulcano. Il maresciallo dei carabinieri guardava la voragine e scuoteva la testa. Babbo, disse Aixi, ma cos'è successo davvero? Zitta pesciolina, disse Babbonino, in queste cose non devi metterci il naso. E rideva.

Rideva spesso allora. Era gagliardo, abbronzato, con la barba ispida come un cane da gregge, e fumava il sigaro. Ogni tanto per fare il bullo lo fumava rovesciato all'interno della bocca, per far vedere che era stato bombarolo e pescatore di frodo. Quando dalla barca non dovevi far vedere la brace a quelli sulla riva. Dieci pesci raccolti e cento morti, che strage fessa, diceva Babbonino, ma avevamo fame.

Ora eccolo lì. Ossuto e pallido, masticato dalla malattia, le braccia magre che solo un anno fa salpavano reti pesanti come scogli e che ora tremano a reggere un piatto. Il respiro rauco e affannoso, e sul comodino le medicine e due arance rugose, la sola cosa che mangia volentieri, ormai.

Babbo sente brontolare la caffettiera e dice:
– Mi alzo io Aixi, non importa.

Ma lei sa che la mattina suo padre è così stanco che fa fatica anche a alzarsi e lavarsi, una volta andava a pisciare in riva al mare, e lo scrutava per un po', guardava

le barche uscire al largo, verso la linea rivelatrice dei venti. Non lo fa più. Va dal letto alla poltroncina di vimini. Il mare lo guarda da lontano, è tanta la nostalgia che gli farebbe male toccarlo.

Aixi gli porta il caffè e babbo le stringe il braccio. Ha gli occhi spenti, come i pesci quando stanno troppo nella rete e muoiono a patimento, e la pulce di mare se li sbocconcella, mangia un occhio, buca la pancia, rosicchia la coda.

La pulce di mare di papà si chiama cancro ai polmoni, e non c'è niente da fare. Solo quelle fiale che fanno passare il dolore.

Maria Alina detta Aixi perché è magra come un'alice è rossa come una volpe o un corallo, una diavoletta né bella né brutta, ma con una grazia selvatica che la fa piacere a tutti. Cammina fino in riva al mare. C'è un po' di onda ma ti lascia lavorare, all'ormeggio c'è una barca sola, quella di Dodone che è sbronzo da una settimana. Le altre sei imbarcazioni sono uscite nel cuore della notte. Manca la barca più bella, l'*Annetta*, il nome di sua madre, verde smeraldo e con un bel tendalino bianco, la statua di sant'Andrea a prua e le reti sfavillanti al sole, ogni squama una gemma. E il motore da duecento cavalli che palpitava nel silenzio del mattino, come il cuore di un predatore, verso la pesca.

Allora Babbonino usciva quasi tutti i giorni anche con mare forza tre, era abile con le reti ma il più bravo di tutta la costa coi palamiti. Erano quasi felici, pensa Aixi. O forse solo Aixi era felice. Lei e mamma escavano per ore, con stronzi di mare e polpi e sardine, preparavano anche cinque, seicento ami. La mamma sospirava e faticava, attaccata a una bottiglia di birra. Non le piaceva quel lavoro. Forse per quello è scappata appena babbo si è ammalato. Un rimprovero feroce, per la vita che le aveva fatto fare. Ma babbo era dolce con Anna, e le perdonava tutto, anche quando lei si sbronzava e sembrava una pariglia di streghe. È andata così, il mare ha visto tutto e ricorda. Confidati al mare. Racconta a bocca chiusa, come quando vai sotto in apnea.

Babbonino usciva a pesca con Mandrago, il marinaio con un occhio solo e la benda, uno che non si sapeva da dove veniva, forse dall'Istria. A Aixi non piaceva, la guardava con l'unico occhio da murena e cercava sempre di stringerle un braccio, o di carezzarla. E poi quella volta... ma lei si difese e non lo disse al babbo. Aixi poteva diventare furba e mordere, metà volpe metà squaletto.

– Babbo, ti ha fatto male stanotte?

– Un poco.

Non un poco, tanto. Aixi lo ha sentito agitarsi e bestemmiare. Gheo, il cane che abita dove capita, è venuto due o tre volte arrampicandosi sulle reti a dire: che possiamo fare? Niente, Gheo, niente. Solo le medicine spengono il male. In ospedale gliele darebbero regolarmente. Ma babbo non vuole andarci. Non vuole morire ascoltando la canzone delle ambulanze ma quella delle onde. In questa baracca sbilenca e gonfia di vento, l'ultima rimasta, tutto il resto ormai sono casette di cemento, comode ma senza colori, come un bancone di pesce surgelato.

– Papà, ti do la medicina?

– Non ce n'è più – dice Babbonino, gira la testa verso il raggio di sole e Aixi vede che ha una ruga in più sulla gola, come una coltellata, come se avesse ingoiato un pesce pieno di spine. Ogni giorno il male gli porta via un po' di bellezza. Anche se lui è bello solo per lei.

– Papà, vendiamo il tesoro e compriamo la mortina.

Babbo ride. Così scherzano a chiamarla.

– La morfina non cambia le cose. Il tesoro non lo vendere, è la tua dote. Promettilo. Mai e poi mai. Se lo perdiamo vuol dire che è proprio la fine. E adesso vai a scuola.

– Non posso restare con te?

– No, vai. A mezzogiorno viene il dottore e mi fa l'iniezione. Poi sto bene. Corri a scuola.

La corriera come sempre è in ritardo, sul lungomare deserto c'è solo un conciliabolo di gabbiani. Discutono se è meglio un pesce o una bella busta di spazzatura. La salina brilla di una luce accecante e puzza di cadavere, l'acqua sta calando, l'estate l'ha bevuta. Ma ce n'è abbastanza per ospitare i fenicotteri. I goffi, torpidi, sghembi fenicotteri perennemente chini a setacciare la sabbia col becco pregando santa Artemia, la crostacea della loro dieta. Ma se si alzano in volo diventano angeli. Come Aixi nell'acqua. A terra corre a gambe storte. Quando è in acqua è una sirena, può andare dieci metri in profondità e resistere più di un minuto e far star male tutti quelli che sono sulla barca.

La corriera collega due mondi distanti secoli. Le baracche sul mare dal paese bianco di giorno e giallo neon la notte. Il maestrale pulito dall'aria soffocante. E lei da Aida.

Aida ha tredici anni, solo uno in più di Aixi. Ma è cento anni più moderna. Ha la tutina rosa con scritto *University of*, il telefonino coi pandini e i coniglini impiccati, si trucca e cambia pettinatura ogni giorno. Ha un moroso che gioca a calcio e forse già ci fa tutto, la piccola porcella. Aida lavora nell'edicola, sorride ai turisti, parla anche un po' di inglese. Non puzza di vecchie reti e esche come Aixi, sa di cingomma e carta di rotocalco.

La corriera arriva. Scende solo Sam, un senegalese magro e spiritato che in estate diventa un arcimboldo di teli da bagno, cappelli e africanerie, ma adesso che la stagione è finita dà una mano al ristorante Stellamaris vanto della zona. Saluta e corre via, è in ritardo.

– Aixi, – dice Aida appena sono sedute e la corriera è partita con un gemito affaticato – ma come sei vestita? Non vedi che sei piena di macchie? E ti sembra la stagione per tenere ai piedi le infradito?

– Mi sono vestita in fretta.

– Non so come fartelo capire – dice Aida masticando la sua cingomma mentolata, il bel profilo e gli occhi orientali che guardano lontano, mentre la salina finisce in un fulgore bianco e inizia la strada ombrata di oleandri e eucalipti. – Tu sei abbastanza carina ma ti conci da schifo. Guarda che mani c'hai.

Aida mia bella Aida, vorrebbe rispondere Aixi, è da quando avevo sei anni che preparo esche, ho le mani gonfie per le punture degli ami, e per gli aculei dello scorfano quando lo pulisci, e per le spine dei ricci. Hai mai smagliato una rete? Che ne sai tu, chiusa nella tua comoda casetta di carta, tra copertine con divi sorridenti?

– Domenica Oscar gioca contro quei gabilli dei montanari, non ricordo il nome della squadra, ma è un bel posto, il campo di calcio è vicino al bosco, poi andiamo tutti a mangiare funghi. C'è il pullman della squadra, magari ti siedi vicina al portiere, ha sedici anni, è un po' vecchio per te ma è figo. Ci vuoi venire?

– Non posso, lo sai.

– Uffa, – sospira Aida – lo so che vuoi restare nella tua palafitta con tuo padre. Io con mio padre meno ci sto e meglio è...

– E se un giorno si ammala?

– Cazzi suoi... Scusa Aixi, non voglio dire che fai male a stare con babbo. Ma insomma, loro vivono in un altro mondo, son rimasti alla dinamite e a ammazzare il cinghiale e le sbronze di tre giorni e rubarsi le reti e fregarsi l'un l'altro. Cosa c'entriamo noi, non ne posso più dei loro racconti di quant'erano matti e della miseria, come si può rimpiangere la miseria? Voglio vivere in città, scappare da qui. Tu invece, non c'è niente che riesce a farti allontanare dal mare. Sei peggio di un pesce, a terra boccheggi. Ti dovrai fidanzare prima o poi. Con chi, se resti qui? Con uno di questi ragazzetti tossici che girano in spiaggia di notte? Con un pescatore che non ha neanche più i soldi per la nafta?

– Con un astice magari – ride Aixi.

– E col maestro di surf? – ride Aida, e saltella sul sedile. – Dai, quello ti piace. Vi ho visto, che ridevate insieme. Figo, un po' bassetto ma figo.

– È simpatico, – dice Aixi arrossendo – e non è basso, sei tu che cerchi gli spilungoni con la moto. E poi...

Sai chi mi piace, Aida? Chi sa sempre quale vento ha

in faccia. Chi sa andare sott'acqua almeno venti metri in apnea e settanta metri con le bombole, e mi racconta del buio che c'è laggiù. E mi piaceva il medico di prima, quello che diceva che papà se la cavava. Forse diceva bugie. E mi piace il Nettuno tutto azzurro, dipinto nell'ex voto, sul muro delle devozioni, vicino alla casa di Geppo. Il Poseidone strabico che con un braccio muscoloso porta a terra la barca rotta di Miguel. E mi piacerebbe uno che a terra sapesse volare a balzi come un delfino. Ma che ne sai Aida, tu che non sai distinguere un'anguilla da una murena?

Le ore a scuola non passano mai. A lato della cattedra c'è una carta enorme con i continenti e gli oceani. Il maestro spiega che milioni di anni fa tutto era un'immensa unica isola, e le montagne che adesso stanno in fondo al mare, una volta erano cime e vette al sole. Lo dice come se fosse stato più bello allora, come se il mare avesse rovinato tutto, ingoiato tutto. Volete un mondo di città e deserti, e il mare è una roba per i turisti, per cavarci il pesce e i tramonti. Ma il mare è il vero padrone, non voi, in bilico su un piede solo su una manciata di terra e pietre. Poi Re Oceano si arrabbia e dichiara guerra, fa onde mille volte più potenti di ogni vostra arma, e affoga i vostri telegiornali. Le montagne sono così belle, nascoste laggiù. Con lo scandaglio puoi indovinare sul fondo le guglie, le creste e gli abissi. E ancora più sotto pesci luminosi e strani. Il mare profondo è l'ultimo posto dove puoi ancora incontrare qualcosa che ti lascia senza fiato. Quando hanno tirato su col tramaglio quel pesce mai visto, lungo e trasparente che sembrava avesse ingoiato una luminaria di Natale, col grande occhio stupito che pareva dire: stavo così bene laggiù, perché mi avete rapito?

– Aixi, – dice il maestro – dove hai la testa? Sott'acqua come sempre?

E ridono. Ridete, ridete. Siete barchette di carta.

Brutto il ritorno da scuola. S'è alzato maestrale, le onde verdi e cenere si schiantano contro le barricate di alga posidonia, la sabbia invade la strada e pizzica in bocca. Tutto si muove a raffiche. Gheo corre e sembra che possa volare in aria a ogni momento, un cane aquilone, poi d'improvviso il vento sviene. Il dio Eolo soffia ma ogni tanto gli manca il fiato, come Aixi quando alla festa di Santa Rita voleva gonfiare il palloncino ed è quasi svenuta.

Sta sott'acqua più di un minuto ma a terra è maldestra e goffa come un fenicottero, le si incrociano le gambe, le pende la testa in giù, i capelli le coprono il viso.

Babbo anche tu in mare sei un diavolo, ma a terra sei un tostonigu, una tartaruga marina spiaggiata. Lento e pesante, sempre con la sigaretta in bocca o stravaccato al bar col birrino in mano a vedere passare le ragazze e a indovinare il peso, come fossero tonni. E a tossire e scatarrare.

Non poteva sapere, quando diceva queste cose, che la malattia aveva già cominciato a morderlo. E ha mangiato in fretta, la strega. Da dentro, come una perla velenosa.

Davanti a casa cosa c'è? Un gippone enorme, di quelli che dovrebbero valicare i deserti, poi si impantanano nella salina e non vengono più fuori. È la macchina di zia Ornella, sempre vestita di bianco e cattiva come un gabbiano, col becco tinto di rossetto, e vicino Mandrago, ridicolo con la giacca, quando due così si mettono insieme è un brutto affare.

Zia Ornella era una giovane bella e furba, la più corteggiata della costa, capelli fiammeggianti e un profilo da moneta antica. Non aveva mai voluto mettere piede su una barca né toccare una rete. Salì con un balzo sul gommone del proprietario straricco di un albergo della costa nord, lo ammaliò qual sirena e qual bagassa, e a diciotto anni aveva già una botteguccia di coralli, conchiglieria e scialli sul lungomare del capoluogo. Schivata la fatica di alzarsi di notte e gli ami conficcati nelle mani e le squame puzzolenti dappertutto. Brava lei.

Adesso la guardava falsamente affettuosa con Mandrago al fianco. Già sapeva cosa avrebbero detto.

Papà peggiora in fretta, Aixi. Dovrebbe stare in ospedale. E tu dovresti aiutarmi a convincerlo. Se vieni in paese con me, forse ti segue. Ragiona, hai già dodici anni, sei una donnina. Siete legati da un patto, ma è un patto di pazzi. Tanto prima o poi da me ci dovrai venire a stare, appena babbo muore abbattono la baracca, lo sai.

Papà vivrà altri cento anni, vorrebbe dire Aixi, ma riesce solo a trattenere le lacrime, vibrare di rabbia e guardare con odio Mandrago.

– Comunque, – sospira la zia – soldi non ne avete

più, Nino non tornerà a pescare, non potete andare avanti. Se vuoi che babbo muoia con un po' di assistenza, almeno dimmi dov'è il ramo.

– Non c'è nessun ramo – dice Aixi.

– Io l'ho visto, – dice Mandrago – non dire bugie. Bello grosso, vale almeno ventimila euro, dicci dov'è e compriamo medicine per papà per un anno, e ne resta ancora. Cosa lo tenete nascosto a fare?

– Non c'è nessun ramo – dice Aixi. – Babbo l'ha venduto ai napoletani l'anno scorso.

– Sei una bugiarda – dice Mandrago.

– E tu un ladro – sputa Aixi. – Le lenze nuove di papà dove sono finite? E hai rubato anche cinque reti fini, so contare sai.

– Zitta Aixi, – dice zia – sei un animale selvatico. E lo sai bene, hai il cuore debole, devi curarti anche tu. Non rispondi? Peggio per te. Da oggi io non spendo più un soldo per tuo padre. O mi dai il ramo o da domani fate la fame.

Silenzio.

– E prima o poi verrai a vivere con me, bestiolina, e ti drizzerò il pelo, e non andrai più in giro conciata così. Mi vergogno di essere tua parente.

– Fallo per papà – dice Mandrago con una smorfia da finto clown buono.

– Andatevene – ringhia Aixi, e i capelli rossi sembrano un campo di spighe incendiate.

Babbo dorme, dorme quasi sempre ormai, è una specie di allenamento all'aldilà, dalla bocca gli esce un

suono strozzato, come quando il pesce vien su con l'embolo. Aixi guarda fuori dalla finestra, il gippone di zia Ornella non c'è più, e neanche il motorino di Mandrago. Allora va a frugare sotto le reti, in un angolo che conosce solo lei. C'è una botola fatta ad arte, nel pavimento di legno, papà l'ha scavata che lei non era ancora nata. Una volta ci teneva i candelotti di dinamite, e gli oggetti che trovava nelle tombe. Tutto venduto, compresa l'anfora falsa antica romana, invecchiata tre anni in mare e con le patelle attaccate col vinavil. Adesso è nella villa di un produttore romano. E i falsi gioielli di ambra. Bei tempi di astuzia e artigianato, insieme a Geppo. Adesso c'è solo il tesoro, incartato nel cellophane.

È un ramo di corallo di almeno un chilo e mezzo, un ventaglio di scheletro. Alla base ha un diametro di tredici centimetri, potresti fare una scultura o una perla gigantesca, grandi così sono davvero rari. Dopo vent'anni non ha perso niente della sua bellezza. La bellezza la perde soltanto un poco e in un lampo, quando esce dall'acqua. Sotto era la vita rossa e ardente di creature, all'aria si raggela in un morto struggente colore che non accetta di prendere nomi da altro: color corallino. La nostalgia del fuoco, la bellezza della brace. Babbonino lo ebbe come pagamento da Geppo quando gli fece da marinaio per una stagione. Aixi tocca i rami delicatamente, li carezza. È il loro tesoro, finché avranno quello il patto col mare sarà mantenuto. Non lo venderanno mai. E quando papà non ci sarà più lei lo terrà sempre con sé.

Papà si è svegliato e si lamenta, con un grido soffocato da uccello notturno. Aixi gli prepara un brodo di dado e un pezzo di formaggio. I soldi son finiti, le medicine son finite, l'ultimo pomodoro dell'orto è stato colto, solo il dolore non conosce stagioni, dice Luna. Tutta notte Babbonino si lamenta, Aixi lo ascolta e discute col mare. E all'alba Aixi sa cosa deve fare.

Geppo abita dove la strada finisce, la sua casa bianca è una prua col mare da ogni lato, è la punta del mondo. Prima della casa c'è una villa dove vive una strana signora che guarda sempre il mare con un cannocchiale gigante. È circondata da pini e da un alto muro rosa, il muro delle devozioni. Aixi lo ama molto. Ci sono gli ex voto dei pescatori, per grazia ricevuta, anche qualche storia finita male, ma bisogna ricordare lo stesso. I santi patroni dei pescatori sono tanti. San Pietro, sant'Andrea, Sanculòmio e Poseidone. A sant'Andrea è dedicato il quadretto di Fernandez che ha disegnato un'orca buffa coi baffi, a ricordo di quando l'ha incontrata e si sono parlati. C'è una tavoletta di legno con un fulmine giallo che incendia la baracca di Marione, e la moglie con le mani nei capelli e i tre bambini che scappano, e la scritta: *Grazie san Pietro che è morto solo il cane*. E c'è un santo un po' obeso, forse Sanculòmio, che solleva dalle acque la barca del Ponzese e lo cava fuori dalla tempesta. C'è un uomo blu tutto gonfio e un ragno con corna da diavolo e una madonna un po' folta di sopracciglia e sotto una data. Fu quando Sireus fu morso dall'argia velenosissima, e sembrava morto stecchito ma dopo tre giorni si riprese e mangiò per una settimana. C'è il Nettuno strabico che salva Miguel dalla bufera. E un bambino morto, il figlio di Luisanna, che il mare restituì dopo un mese, ma era intatto, come fosse morto un'ora prima, miracolo, un miracolo un po' fesso, pensava Aixi, meglio se non cadeva dallo scoglio. E il disegno più bello, inciso su una tavola di sughero, fatto di quattro momenti:

Gino che entra nella tomba antica

e poi ci rimane chiuso dentro,

e uno scheletro fantasma si mette a brillare e scuotere le ossa urlando nella notte,

e i compari di Gino seguono lo scheletro e trovano la tomba franata e lo scavano fuori.

Aixi si fa strada tra i ginepri e un sentiero stretto la porta nel giardino di Geppo e Luna. Blu di plumbago, rosso di iris, rosa di oleandri. Ecco dov'era il paradiso. Si sente un rumore come di un insetto gigantesco che vola.

Geppo è stato il più grande sub e corallaro dell'isola, ha fucilato cernie grandi come ittiosauri, ha strappato rami a tutti i fondali, ha visto più squali di un film americano. Ora ha settant'anni e conosce tutte le storie della costa. Gli altri corallari sono morti o stroppiati, mezzi ciechi o su una sedia a rotelle. Quando ti immergi tante volte con le bombole a cinquanta metri e più, prima o poi un embolo lo becchi. Geppo ha solo una gamba un po' rigida, ma se l'è sempre cavata, è stato il primo a costruire con le sue mani una camera iperbarica e a montarla sulla barca, salvando la pelle a se medesimo e a tanti altri. Adesso ha smesso, dice che non ha nostalgia del mare, ma la sua sedia è sempre rivolta ver-

so l'azzurro, il suo sguardo è lì, i suoi discorsi finiscono sempre lì.

È vestito come sempre, una canottiera sporca di morchia e pantaloncini corti che cento lavaggi fa erano blu. Sta incidendo con il trapano da orefice un pezzo d'ambra. A volte li regala, a volte li vende, a volte dice che li ha fatti lui, ma se il compratore gli sembra stronzo abbastanza dice che è roba antica, fenicia, nuragica, babilonese. Tanto non capiscono un cazzo.

Sente Aixi arrivare alle spalle, ferma il ronzio del trapano, si volta appena. La polvere d'ambra gli scurisce il muso.

– Aixi, fai la spia che mi arrivi alle spalle?

– Scusa ma... stavi lavorando.

– Faccio uno scarabeo, un bellissimo monile quasi antico. Lo vuoi? Tanto so che non lo tieni, lo vendi subito.

– Tu ci aiuti già tanto. Ma abbiamo bisogno di soldi. Se teniamo duro forse babbo torna a pescare.

Geppo si alza, è largo come un tronco della giungla, ha le gambe corte e beccheggia un po'. Metà Nettuno, metà granchio con la barba.

– Lo sai anche tu, Aixi. Il periodo buono della pesca è finito. Adesso si prende un decimo di quello che si pescava una volta. Colpa delle spadare e di quelli della capitaneria che non li controllano, anzi sono complici. Colpa di chi devasta il fondo, di chi scarica la sentina, di chi non capisce che il mare si deve rispettare. Non l'hanno capito al ministero ma neanche qui l'hanno capito. E vaffanculo allora.

– Non parlare così, Geppo – dice una voce roca e dolce.

Arriva Luna, la moglie. È una strega coi capelli bianchi, conosce tutti i segreti delle erbe e dei veleni, è dolce e feroce quando occorre, Aixi vorrebbe essere come lei. Solo lei può fermare le furie di Geppo, che quando si arrabbia prende la doppietta e sparerebbe al mondo. Come quella volta che sono arrivati due tatuati con la stereoradiolona e giù musica a assordare tutta la spiaggia e lui è sceso a chiedere gentilmente di abbassare e un tatuato ha detto:

– A me piace così.

Geppo non ha risposto, è tornato in casa, ha caricato il fucile a pallettoni, è ridisceso in spiaggia, ha sparato sulla radiolona, bang, e il pezzo più grosso rimasto era una valvola.

– E a me piace così – ha detto ai tatuati, e quelli son spariti in tre secondi.

– Come sta babbo? – chiede Luna.

– Male, direi...

– Possiamo fare qualcosa per te?

Si fa di colpo un gran silenzio, poi si sente il rumore di una barca lontana che torna in porto, e un tubare di tortore.

– Sì – dice Aixi. – Vorrei la barca piccola. La *Fiamma*.

Geppo alza il sopracciglio e punta il dito minaccioso. Ora sembra proprio Nettuno.

– E cosa vuoi farci?

– Voglio... andare a pescare – dice Aixi.

– Non scherzare bimba, – dice Geppo – hai dieci anni.

– Quasi dodici. Ma la barca la so portare. Ho guidato quella di babbo tante volte. So come funziona un motore, tu hai un venticinque cavalli Lombardini, lo conosco. Sono stata in mare tante volte.

– La barca è ferma da un mese, la usa solo mio nipote quando va a trombare con la fidanzata in qualche caletta. Il motore l'ho controllato quest'inverno ma ha dei problemi, ogni tanto ti lascia in asso. E se ti becca la capitaneria son cazzi.

– Ti prego Geppo, se si ferma il motore che problema c'è? So remare. Vado fuori solo cento, duecento metri. A pescare boccaloni. Papà ha voglia di pesce, non abbiamo soldi. So usare il palamito, lo sai. Metà dei pesci li do a te.

– No. Se qualcuno ti vede ci andiamo di mezzo tutti.

– Ma tu il maresciallo lo conosci. Vendevate le anfore taroccate insieme e poi...

– Zitta maledetta, – dice Geppo fingendo rabbia – fai la spia?

– Dai, ti prego... nessuno mi vedrà. Esco alle sei, a mezzogiorno torno. Che rischio c'è? Con babbo sono uscita anche col mare grosso, ce la siamo sempre cavata. Ruixat dice che farà bello tre giorni.

Ruixat è il più vecchio marinaio del posto, ha più tatuaggi del rapper più fighetto, e azzecca le previsioni del tempo meglio dei telegiornali. "Piccola," le dice quando è ubriaco, "qui domani c'è sole ma a Maracaibo batteranno i denti." Giura che a Maracaibo c'è stato da giovane, su un mercantile. Magari è vero, anche se a sommare le sue storie e le sue imprese dovrebbe avere duecentocinquanta anni.

Geppo si passa le mani nella barba, guarda il mare, si gratta la pancia. Come Nettuno è fuori forma. Sospira.

– Che vento soffia adesso?

– Adesso è brezza, scirocchetto, – dice Aixi – ma tra poco girerà. Conosco la costa metro per metro, conosco i punti a terra, giuro che non mi allontano. Vado a maestrale dal faro, lì si pesca sempre qualcosa, ti prego Geppo.

– Tu da sola in barca...

– Falla andare, – dice Luna con dolcezza – te lo chiedo io. Mi fido, è una ragazzina a posto. E alla sua età ne hai fatte di molto peggio. Bombarolo, rissaiolo e bracconiere!

Geppo guarda la moglie, fa una smorfia. Poi guarda Aixi. In barca comanda lui, ma a terra... E poi ha già capito che la ragazzina, se non le dà la barca, è capace che se la frega.

– Va bene, te la presto una volta sola. Prendi un po' di nafta. Quando vai?

– Domattina.

– Una volta sola?

– Giuro su sant'Andrea e Sanculòmio. Prendo due o tre chili di pesce da zuppa, il babbo deve mangiare qualcosa di sostanzioso, non può vivere di arance.

– Va bene – dice Geppo. – Luna, dalle un polpo.

– No, babbo non lo vuole, dice che ne ha mangiati un milione nella vita.

– Non è per lui, è per l'esca. Tanto peschi vicino, no?

– Giuro – dice Aixi.

– Con le mani dietro la schiena?

Quella notte Aixi non dorme.

Guarda le stelle, seduta sulla veranda, accende la pila e si scatena una tormenta di farfalline. Ha già preparato il palamito da fondo, cento ami. Cinquanta li ha escati coi pezzi di polpo. Cinquanta con quattro sardoni puzzolenti che si è fatta regalare da Sam, il nero del ristorante. Ora la lenza sta bella disposta in spirale in una cassetta di legno. Ha anche pronta una bottiglia d'acqua, un guanto di gomma e un coppo di rete, perché se prende un pesce grosso le servirà. Ti porterò a casa con me, Dentediferro, dice guardando le stelle. La barca di Geppo ondeggia piano, davanti alla casa del corallaro. La luna è mezza e bianchissima. Ecate, dea delle streghe, aiutami, non sono strega ma nonna lo era.

Babbo russa come una burrasca. Non sospetta niente, lei ha fatto le solite cose, ha cucinato le ultime due uova, gli ha cambiato la federa del cuscino, ha cercato di convincerlo a lavarsi, ma lui ha mugolato come un bambino, è sprofondato nel sonno, oggi il dottore gli ha dato la medicina alle sei. Buonanotte.

Quando il suo orologino di plastica indica le tre e mezzo, Aixi scivola fuori. Cammina al buio lungo la spiaggia, nessuno la vede, solo un frullo di uccello da qualche parte tra le tamerici. Arriva fino agli ormeggi, ha il coppo legato alla schiena, si equilibra la cassetta in testa e avanza nell'acqua, fino a quando può, fin quasi alle spalle. Poi tira la corda dell'ormeggio e la *Fiamma* scivola lenta vicino a lei. Dentro il cesto poi il coppo poi Aixi con un agile balzo.

Comincia a remare, i remi sono grossi e pesanti ma lei è una galeotta, voga finché è abbastanza lontana da

accendere il motore. Due o tre colpi e il signor Lombardini borbotta e parte, Geppo sa come tenere in funzione le sue cose. Però l'ha messa in guardia.

Perdonami, Geppo. Non andrò a duecento metri, lì non pescherei nulla. So dove andare. I punti a terra sono l'ultimo lampione del lungomare da una parte e la punta del faro dall'altra. Arriverò a tre miglia, dove c'è un bel fondale di roccia, lì si trovano dentici e paraghi, una volta se ne prendevano anche cinquanta chili alla volta, a me ne basterebbe uno. Ma grosso. Sanculòmio e Nettuno aiutatemi, ho della buona esca, un polpo tenero come burro e una sardona puzzolente come una suora morta, la lenza del palamito è quasi nuova, gli ami aguzzi e il mare è calmo. L'ho fatto tante volte con babbo, ora lo farò da sola.

Capisce subito di aver fatto un primo errore. Ha solo la maglietta bagnata, è di quelle da surf ma ha già un po' freddo, e sulla barca non c'è né un golf né una cerata. Certo, Geppo si aspettava che andasse a duecento metri, nel sole della prima mattina, mica poteva indovinare che se la filasse al largo, nel buio. O no?

Alle cinque e mezzo è dove voleva arrivare, comincia a calare il palamito, ecco il difficile. Con il piede controlla il piccolo timone, con una mano ingrana e sgrana la marcia del motore e porta avanti la barca, con l'altra mano deve calare il palamito un amo alla volta. Due o tre volte le scappa il piede, va un po' a zigzag ma è una cosa che ha già fatto, gli ami entrano in acqua, uno ogni otto metri.

Suda, si fa male con un amo, impreca. Ma alla fine ha steso la sua trappola per un chilometro. La boa rossa del palamito ondeggia alla luce dell'alba. Butta giù l'ancora, che non tocca fondo, ma la frena e non la fa allontanare. Non deve perdere di vista la boa. Il vento è lieve e porta un po' verso riva.

Ora immagina gli ami, laggiù a quaranta metri, e i pesci che nel buio passano vicino. Guardate che belle esche amici, dai, mangiatele. È per una buona causa. Dentediferro, Occhione, Codarrubia, Serdouk e voi tutti pesci dei condomini tra le rocce là in fondo, per una volta non dovete essere troppo furbi. Fame fame fame, ecco quello che sentite. Venite e abboccate.

Beve un po' d'acqua, si sdraia ma non dorme, guai a allontanarsi dal punto.

Immagina degli ex voto con disegni nuovi e nuove storie.

La barca non è più lunga sei metri, ma sessanta, lei è a capo di cento pescatori giapponesi, tirano fuori quintali di merluzzi da un mare nero e misterioso. Oppure ecco che al primo amo è agganciato un calamaro gigante, dieci metri gelatinosi, e lei lo riesce a portare a riva, foto sui giornali. O viene attaccata dai pirati con la benda sull'occhio, si batte a duello con tutti e diventa la loro regina. Sbarca a Maracaibo e apre una gelateria con Ruixat. Poi le viene in mente quel bel libro col vecchio e il pescespada. Come si chiamava? Santiago. Lei è Santiago. Un altro santo. Adesso è ora di salpare gli ami.

Col cuore che batte riavvia il motore, si avvicina alla boa. Piano piano recupera il primo palamito, cinquanta metri di lenza, lo tira su col guanto di gomma. Niente nei primi dieci ami. Poi un boccalone, un sarragno piccolo e gonfio con la vescica natatoria scoppiata. Ne prende dodici di fila. Pesce da zuppa, cazzo, che non vali niente. Scusa boccalone se ti insulto, sei stato gentile a attaccarti al mio amo, ma non è te che voglio.

Passano cinquanta ami e niente, solo altri sarragni e due piccole tanute. Mancano sì e no dieci ami.

E lo sente. Prima di avere la lenza in mano, si accorge che è lì sotto.

Pesante, arrabbiato, che fa vibrare il filo maledetto per lui. Dentediferro ha ingoiato l'amo e adesso non vuole venire su. Lei tira un po' la lenza, una scossa elettrica, è grosso. Il cuore batte forte, è grosso.

Con calma, non ce la puoi fare subito. Devi stancarlo e avere pazienza. Sei come babbo, sei come Santiago. Il sole comincerà a bruciare adesso, forza Aixi. Sai come si fa.

Tira per un po' con il motore, ma non riesce a smuoverlo, quello viene un poco su, poi subito parte in una nuova direzione, bisogna assecondarlo. È grosso, molto grosso, e io ce la devo fare. Il guanto si è già lacerato, la mano sanguina. Ma Aixi non molla. Il signor Lombardini al suo fianco contrasta la forza del guerriero subacqueo.

Ma poi il motore si ferma di colpo. Lombardini si è arreso. Questa non ci voleva. Ce la farò senza di lui.

Il sole si alza e sono ancora lì. Aixi sta coi piedi puntati contro il bordo della barca, si passa le mani sulla bocca e ha il muso sporco di sangue, Dentediferro è sospeso dieci-quindici metri sotto, si sta stancando ma combatterà ancora.

Ma anche Aixi sa lottare, con tutte le sue forze conquista la lenza bracciata su bracciata. Viene su viene

su. Il cuore scoppia, il sudore le copre la fronte e va sugli occhi. Ora lo vede, una macchia bianca meravigliosa sotto di lei. Santiago, Sanculòmio, angeli dell'acqua, Aixi non mollare. Manca poco, ma ora viene il difficile, sarebbe tremendo perderlo adesso. Prende il coppo. San Nettuno, fa' che non si spezzi la lenza adesso, fa' che non si slami. Vieni da me Dentediferro, ti voglio bene, non ce l'ho con te lo faccio per babbo. Anche io ho un babbo dice Dentediferro, mi dispiace risponde Aixi, ma avrà almeno mille figli come te. Tira ancora, la mano brucia, il cuore traballa. Ora va col coppo sotto il pesce, lo manca due volte. Poi ci riesce e lo avvolge. È nella rete, che sbatte la coda furibondo. Con due mani lo scaraventa in barca. È un dentice rosa meraviglioso. Almeno sei, sette chili. Lungo un metro, poco meno di lei. Vorrebbe urlare, ma il cielo si ribalta. Sviene.

Dopo quattro ore il sole batte a martello. Dentediferro è ancora vivo, sbatte piano la coda. Riprenditi, Aixi. Bisogna salpare il resto del palamito. Perché il cuore batte così piano? Adesso è facile, basta avviare il motore e sarò a casa. Una due o tre volte. Dieci volte. Ma il motore non riparte. Aixi si sdraia sul fondo della barca, ha male alle mani, alla schiena, sente che sta per svenire di nuovo. Dentediferro le viene vicino. Lei lo prende per la coda. Almeno moriamo insieme.

Alle quattro del pomeriggio arriva Geppo con la barca grande. La signora col cannocchiale è venuta a dirgli che c'era la *Fiamma* ferma in mezzo al mare. Non ci ha messo molto a capire cosa stava succedendo. La prende a bordo, la avvolge in una coperta, Aixi trema.

– Tutto bene?

– E il pesce?

– È salvo anche lui. Otto chili almeno. Non so se farti i complimenti o darti uno schiaffo.

– Scusa Geppo.

– A tuo padre non lo racconto. Ma se lo fai un'altra volta, ti butto in mare io, con una pietra ai piedi. Lei sorride. Al cielo sopra di lei e alla faccia di Nettuno, che non riesce a tenerle il broncio ma si preoccupa e la fa bere.

Tutta la costa quella sera viene a sapere che sono andati insieme a pescare, Geppo e Aixi. E la ragazzina con le sue mani ha tirato su otto chili di Dentediferro. Venduto subito a un ristorante, duecento euro. Pochi sanno la verità. Babbo è contento, ha mangiato i boccaloni fritti con appetito. Guarda i soldi sul comodino, non ci crede. Allora ti ho insegnato bene, dice con un sorriso, il primo dopo tanto tempo.

Anche il medico sa la verità. È venuto, ha trovato Aixi sulla sua brandina, e Luna vicino. Ha ascoltato il suo cuore, ha scosso la testa.

Non farlo più, mai più. La valvola mitralica eccetera. Ma davvero otto chili?

Otto chili, tutto rosa come un tramonto e argento come una spada e i denti come un drago.

Ora Aixi dorme.

E sogna il muro che è pieno di disegni nuovi.

Il babbo è guarito e tornano a pescare e ogni giorno

salpano venti aragoste. Poi in un altro quadretto san Pietro porta in cielo babbo morto, ma a novant'anni, e tutte le barche gli fanno il funerale a mare.

Una balena mangia zia Ornella.

E poi vede la vecchia signora col cannocchiale che forse l'ha salvata, Aixi l'ha incontrata solo due volte, ha sempre gli occhiali scuri e veste di nero, non esce mai. Nessuno sa da dove viene.

Sogna, sogna pesciolina. Aixi a sedici anni è diventata una signorina, vive con la zia, ha un fidanzato pallavolista, è diventata bella e elegante, sente ancora la nostalgia del mare ma le piace ballare, anche col cuore che batte storto. Ha venduto il ramo di corallo per comprarsi una Vespa rosso fuoco. "Mi chiamo Aixi, si scrive con la 'x' ma si pronuncia Aiji, con la 'j' di Juliette e di jambes."

Invece no. Aixi non lascia la casa sul mare e impara a portare una barca di dieci metri e pesca lo spada, e nessuno squalo glielo porta via.

Aixi si sveglia con le mani insanguinate, e ricade nel fondale del dormiveglia.

E vede un riflesso come quando sei nel buio sott'acqua e stai tornando su, un fascio di luce che sembra dire: batti le pinne, piccola, chissà se troverai ancora il mondo o se è tutto scomparso per sempre.

I due ultimi disegni. La notte dopo il babbo muore. Aixi scappa all'alba prima che arrivi il gippone della zia e Mandrago il guercio e il maresciallo o chissà chi a portarla via: Aixi entra in mare e nuota nuota finché non le manca il fiato e va giù, giù, circondata da un girotondo di aragoste e Dentediferro, e si posa sul fondo e un pie-

de si aggancia a una vecchia ancora e non tornerà mai più su, resterà lì come una perla.

Oppure Aixi, all'ultimo momento, fa una capriola da delfino e torna nuotando a riva. Non vuole più morire e si butta esausta sulla spiaggia, troppo stanca per piangere.

Il sole si alza e la scalda. Il mare le lambisce i piedi.

Loro sono grandi, ma si accorgono anche di una cosa piccola come lei.

Indice